KB188976

있는 그대로, 가장 나답게

행복으로 꽉 채운
치즈덕의 성장 에세이

글·그림 나봄

필름

일러두기

캐릭터의 특징과 원작의 표현을 살리기 위해 일부 맞춤법은
캐릭터의 스타일을 따라 표기했습니다.

추천의 글

나는 억만장자도, 수려한 외모를 가지지도, 뛰어난 재능을 갖고 있지도 않다. 하지만 누군가 내 삶이 어떠한지 물을 때면, 그 누구보다 내 삶을 사랑하고 있으며, 삶의 만족도 역시 최상이라고 대답한다. 그 이유는 무엇일까. 결국 내 삶을 판단하는 척도와 기준을 나에게 두었기 때문이다. 나는 스스로 좋아하는 것과 잘하는 것, 감탄하는 순간과 어디서 영감을 받는지 잘 알고 있다. 그렇기에 중요하고 어려운 결정과 선택의 순간이 오더라도 내가 하는 유일한 일은 늘 나에게 집중하는 것이었다.

치즈덕의 이야기는 그런 의미에서 울림과 감동을 준다. 자신을 있는 그대로 바라보는 것부터 자신의 장점과 강점을 알아차리고, 자신만의 기준을 갖추는 것. 더 나아가 도전과 선택의 순간 앞에서 나만의 잣대로 삶을 대하는 방법을 '치즈덕만의 방식'으로 알려준다.

누구에게나 평생 숙제인 '나를 알아가는 것', 어쩌면 인생에서 가장 중요한 가치를 다시금 일깨워준 치즈덕에게 진심으로 고맙다. 치즈덕의 귀엽고 천진난만한 모습 안에는 자신을 고귀하게 대하는 진심과 정성이 있음을 이 책을 접한 모두가 알게 되었으면 싶다.

김상현 | 《당신은 결국 무엇이든 해내는 사람》《내가 죽으면 장례식에 누가 와줄까》 저자

치즈덕

강가의 한 치즈 공장에서 만들어진 치즈. 불량 치즈로 태어나 폐기될 뻔했다. 한때는 부족하기만 한 자신을 미워했지만, 강가에서의 경험을 통해 자신을 사랑하게 된다. 지금은 서울의 한 빵집에 숨어 살고 있다.

퀴퀴

해외 청정 지역에서 온 벌레. 정체를 밝힐 때면 다들 도망가기 때문에 본인을 드러내길 어려워하는 성격이다. 공감능력이 뛰어나고 눈물이 많다. 스스로를 사랑하지 않지만 타인에겐 한없이 따뜻한 친구.

또 다른 치즈(덕) 친구들

마찬가지로 불량으로 태어난 치즈 덩어리들. 치즈덕의 있는 그대로의 모습을 동경하고 사랑하는 친구들. 훗날 치즈덕 5형제가 되어 서울의 빵집에서 함께한다.

폴

빵집 주인이 키우는 어른 햄스터. 종종 케이지를 탈출해서 자유롭게 다닌다. 심각한 대화를 별로 좋아하지는 않지만 가까운 친구가 힘들어하면 말이 많아진다. 도와주고 싶은 마음에 잔소리를 하기도 한다.

차례

프롤로그

야~!

어제 비가 왔나 보다!

세상이 반짝반짝해진
기분이야-!!

집앞에 예쁜
웅덩이도 생겼잖아!
오늘 내 모습도
마음에 들어!

퀴퀴한테 이
풍경을 보여줘야지!

히히-
햐-♬

퀴퀴-
놀자-

에..
훌쩍
무슨일이야?
훌쩍
그냥...

내가 마음에 안 들어..

난 대체 왜
이 모양일까?

눈치도 많이 보고…
잘할 줄 아는 것도 없고…

…네가 부러워

너는 성격도 좋고…
친구도 많고…

난 타고나길 별로야

퀴퀴…

내 이야기 들어볼래?

여기 앉아봐!!

난 원래 어땠냐면...

ep 1. 치즈 덩어리의 등장

어떡해 재
폐기되나 봐!
야, 그냥
운명을 받아들여
ㅋㅋ
쓰레기통
가겠네...
저런...
뭐...?
쓰레기통!?
나...
버려지는 거야!?
멍...

두리번
두리번
끄으응…
나, 난 버림받기 싫어
나…나도 괜찮은 치즈야. 응? 받아 줘!
폐 기
넌 불량치즈라서 버려질 운명이야…
....

폐기

보여줄게…
내가 괜찮은 치즈라는 걸
오……
뚜벅
-♪♪♪
뚜벅
야! 얼른 공장을 빠져나가
저 사람이 곧 널 버릴 거야
폐 기

꼬물 꼬물
꼬물 꼬물 꼬물
바스락
하ー

넌 결국 괜찮아질 거야

지금 모습이 나쁘다는 이유로,
앞으로도 나쁘다고 믿을 것까진 없어.

어제의 나와 오늘의 나도 다른데
시간이 훨씬 더 지나면 어떨까?

지금은 전혀 보이지 않는 게
하나둘씩 보이게 될 거야.

더 좋아지겠다는 마음과
시간을 매일 더하면
상상 이상으로 달라질 거야!

ep 2. 강가로 간 치즈 덩어리

또… 새로운 곳을
함께 많이 가 보고 싶어
꼬물
꼬물

저 강가 너머까지…
꼬물…

어어.
어어어…
머뭇
안녕…! 난
저기 공장에서 온
치즈야

보여주자! 내가 괜찮은 치즈란걸!
나랑... 친구할래?
뭐 이래 생겼지?
뭐야...
......
총총
파다닥

저기…
푸다다
......
풀썩

난… 어딜 가도
환영받지 못하는 걸까?

스윽

우와……
치즈꼬순내…

친구… 사귈 수
있을지도!

우리… 친구할래?
내가 정말
좋은 친구가
돼줄 수 있어…

그래 친구 하자
!

쭈압
좋…

나 이만
가볼게 안녕

……

친구해준댔잖아
친구해준댔잖아…!

마음이 맞는 누군가가 분명 있어

내가 다가간 만큼 다가와 주지 않을 때
엄-청, 엄청 서운하지!

속상한 마음에 잠깐 멀리 떨어져 보기도 하고,
걱정되는 마음에 더 잘해 주려고 노력하기도 해.

하지만, 그렇게 힘들게 마음 쓰지 않아도
있는 그대로의 널 좋아하는
누군가를 찾게 될 거야.

마음을 활짝 열고 자세히 둘러봐.
분명 같은 마음이 있을 거야!

ep 3. 오리의 등장

주눅들면 안 돼

괜찮은 치즈처럼
보여야 한다구

그러니까 계속 용기내서 다가가야 하는데…

또 거부당하면 어쩌지…
그냥 그만둘까….
아니야. 용기내야 돼

저기……

...나랑..친구..하자...

응응
그래서~

무시... 당한 거야 나?
화끈....

꼬물..
꼬물..

꼬물
꼬물
내가 정말 그렇게 못난 걸까…
괜찮은 치즈란 걸 보여줘야만 해…
그러지 못한다면… 그러면 난…
정말 아무도 날 안 좋아해줄 거야…

히야아아아앙……

보여주지 않아도 사랑받을 수 있어

꽤 괜찮은 사람이란 걸
보여줘야만 할 것 같을 때가 있지.

하지만 일이 잘못되더라도,
바라는 만큼 이루지 못하더라도
너무 작아질 필요는 없어.

오늘도 널 사랑하는 사람들은
그저 너라는 이유만으로
사랑하고 있을걸!

ep 4. 내가 그 정도로 별로라고?

난…공장에서 온…
…치즈야…
……
너희도 재를
보고 있던 거야?
저 오리가 늘 여기
강가 인기투표 1위니까
…뭐 그렇지
강가 인기투표…?
…그걸 왜 해?

그냥...
인정해주기?
권력?

ㅋㅋ
이 바위에
종종 순위가 적혀
1등 오리
2등 까마귀
3등 까치

기준은 없어. 그냥
외모나 재능 같은 걸 보고
다들 모여서 투표하는 거야

저기……

그럼... 난 몇 등이야?

그게……
……

왜 말이 없지…
……

내가 별로인 건가?
그 정도로 내가 별로라고?

혹시 만약에…
내가… 내가……
?

오리처럼 되면 다들
날 좋아해줄까?

음……
그렇겠지.
근데 넌 오리가
아니잖아
푸드득

지금의 평가가
내 모든 게 아니야

누군가로부터 평가받고
지금 내 위치를 알게 되더라도
내 모든 걸 함부로 짐작하고 싶지 않아!

엄청나게 긴 삶에서 들은
엄청나게 짧은 평가잖아!

ep 5. 오리처럼 될 거야

어쩜 그렇게
헤엄을 잘 쳐?
흐흐뭘…
와 하얗고
몽글몽글해
우와…

……

내가 다가갈 땐
차갑기만 했는데…
다들 날
싫어한 게
맞았던 거야…

지금 내 모습…

저 오리와
너무 다르잖아?

내 모습 정말…
부족하구나…

나도 오리처럼 되고 싶어

그럼 모두 날 좋아해 줄 텐데

모두에게 사랑받는 저 오리가
너무나도 부러워

나도 저렇게 되고 싶어
모두에게 인정받는 저 오리처럼

내가 아닌 다른 누군가가 되고 싶을 때

가끔은 내가 아니라,
다른 누군가가 되고 싶을 때가 있어.

부러운 마음이 들기도 하고,
재미없는 내 일상과 비교하기도 해.

문득 내 삶이 마음에 안 들 때면
정말 행복했던 하루만 떠올리는 거야.

내 삶이라 있을 수 있었던 날이야.
다른 누구도 아닌, 나라서!

ep 6. 처음으로 받은 인정

오…
우와…!

방금그거
어떻게 했어!?
와-

진짜 대단해-!!

나… 나 지금…
괜찮아 보인 거야?
우와-
쟤 뭐야?
오리
닮았어

나! 제법! 괜찮잖아-!?!?

오리처럼 모습을 바꿨더니
갑자기 다들 날 좋게 봐 줬어...

죠와.
이제부터 난 '치즈덕이야!

언젠가 모두 널 인정할 거야

처음에는 모두 하찮은 것에서 시작한대!
너무 작아 아무것도 예측할 수 없는 것.
그 정도로 하찮은 것에서 시작한대.

믿고 키워나가 볼래?

언젠가 모두 깜짝 놀랄 거야.
네가 가진 게 너무 거대해져서!

ep 7. 치즈덕 5형제

저 강가에선…
다들 이런 모습을 좋아해
봤지? 난 절대 버려질 일 없어! 더 노력해서…
모두에게 인정받을 거야 계속.
……
……흥

치즈는 치즈답게
적당히 재료가 되거나
쓰레기가 되거나지!
뭘 그렇게까지
인정받고
싶은 거야?
처음부터 괜찮았던 너희는
내 기분 몰라…
난 폐기치즈였다구
정말? 그럼 우리도
너처럼 될 수 있어?

우리도 버려질 운명이래
폐기
…같이 강가로 갈래?
너희도 나처럼 하는 거야!
저 강가에서 난 버림받지 않아! 날 좋아해 준다구!

더는 버림받지 않을 거야
계속 인정받을 거라구

이제 난, 모두에게
괜찮은 치즈로 보일 테니까!

잠깐, 이만하면 좋은 사람이야!

늘 좋은 사람이 되고 싶은 마음에
항상 노력하는 네가 좋아.
너도 그런 네가 좋을 거야!

그렇지만, 알 수 없는 두려운 마음만이
지금 널 움직이고 있다면
잠깐 멈추고 꼭 자신에게 말해줘.
이만하면 좋은 사람이라구!

모두에게 늘 좋은 사람이 되려 하면
스스로에게는 좋은 사람이 되기 어려운걸!

ep 8. 비교의 시작

호오오오오옹-!!
우리 정말 괜찮다
너처럼 되길 잘했어!
웅성웅성
오……
안녕! 그때
그… 치즈…?!

맞아… 지금 내 모습 어때?
두근
두근
엄청 좋지…
어어-!?
와 오리다…!
…

저 가늘고
고운 모습 봐

어쩜 저리 날씬하지?

그때처럼 또, 더욱 인정받고 싶어...

그때 다들 날
인정해준 이유는
오리와 닮아서야
그래도 우리가
제일 멋져
ㅋㅋ

처음엔 괜찮아 보였는데...
넙데데~
나 왜 이렇게 넙데데하지!?

부족해…
슥

더 오리처럼 되고 싶어…

더 오리처럼 되고 싶어!

나도 칭찬을 받아야 안심이 될 때가 많아. 칭찬 받지 못하면 왠지 모르게 내가 부족한 기분이 들거든…. 남들이랑 비교하게 되고….

맞아~ 그럴 때가 있지.

누군가와 비교할 때면 내가 너무 작아지는 기분이야…. 한번 비교가 시작되면 내가 바보 같아서… 괜히 마음이 조급해지고 부족한 점만 자세히 들여다보곤 해. 그러다 보면 부러움을 넘어서, 나 자신이 싫어지는 기분이 들어…. 왜 이것밖에 못 하냐며 자책하는 거야.

맹…. 퀴퀴는 스스로에 대해 어떻게 생각해?

나? 나는…. 소심하고, 걱정도 많고, 예민하고… 눈치도 많이 보고…. 그림 그리는 건 좋아하지만 딱히 잘하지는 않지…. 내가 잘하는 게 있을까? 나도 날 모르겠어. 치즈덕, 넌 그때 스스로에 대해 어떻게 생각했어?

그땐 내가 참 미웠어. 오리와 비교하느라! 처음엔 그저 부럽기만 했는데, 어느 순간부터 내가 마음에 안 들었어. 퀴퀴의 말처럼 내가 가지지 못한 것들만 계속 보였어.
음, 그런데 나중에 보니 내가 놓쳤던 게 있었어.

응? 뭔데?

바로 나에 대한 것들이었어. 내가 가진 것들 말이야! 그땐 말이야. 난 나에 대해 너무 몰랐고 알려고도 하지 않았어. 매력도, 잘하는 것도 전부. 그러면서 남이 가진 건 참 잘 보이더라구.
퀴퀴, 너도 너를 봐! 너는 이미 가진 것이 많은 친구야!

내가 가진 거…? 에이.

이왕 비교한다면, 퀴퀴 네가 가진 걸로 더 나아갈 수 있는, 멋진 성장을 떠올렸으면 좋겠어.
전부 부족하다며 스스로를 미워하고 탓하지 말구!
모든 게 완벽할 순 없으니까- 너답게 나아가는 거야.

그렇지만… 난 내가 가진 게 뭔지도 모르겠고, 알더라도 절대 마음에 들지 않을 거야. 분명.

왜-?

왜냐고? 그야… 나니까. 내가 가진 건 좋을 수 가 없을 것 같아….

잉! 아직 모르는 거라구! 그럼- 내 이야기 더 들어볼래?

이왕이면 행복한 비교를

저마다 가진 게 다른 세상에서
행복해지는 가장 쉬운 방법은
내가 가진 걸 사랑하는 마음이야.

내가 가진 걸 키워나가는 데에서
어제와 오늘을 비교한다면
그게 바로 행복한 비교지!

어제보다 오늘, 더 나아갈 거야.
오늘보다 내일은 좀 더 나아가겠지!

ep 9. 부족한 점만 계속 보여

…내가 조금만 덜
넙데데했더라면!

그럼 나도 오리만큼
괜찮아 보일 텐데

!!
오리, 어쩜 저리 하얗지?

……

하얀색!!!!!!!!!

나 = 누리끼리

오리 = 하얀색

난 왜 이렇게 누렇지...
진짜 너무 별로야......

난 지금 너무 밋밋하고 누리끼리해...

나도 오리처럼 하얘지고 싶어-!!

부족한 점만 보이는 건 마음 때문이야

봐도 봐도 부족한 점만 보이는 건
눈이 아니라 마음 때문이야!

불안한 마음을 가라앉히면
생각보다 괜찮다는 걸 알게 될 거야!

생각만큼 못난 것도 아니란걸.
생각만큼 큰 실수도 아니란걸.
생각만큼 잘못된 것도 아니란걸.

모두 불안할 때 봤던 것만큼은 아니라는 걸
분명 알게 될 거야!

ep 10. 스스로 결정하기가 어려워

못 봤어? 다들 오리의 하얀 모습을 좋아했잖아

난 오리처럼 하얘지고 싶은걸

어쩌지. 얘들은
다르게 생각하는데…
노랑!
노랑!

그, 그런가…?
그럼 그렇게 할까…

너-무 잘 어울려!
역시 노란색이
잘 어울려!
챱챱

…모두들 칭찬해주니
안심은 되지만 찜찜해

대체 왜 찜찜하지…?

딱 나잖아! 내 생각보단 남의 생각이 더 중요한 거랑… 또 혼자 결정하지 못하는 것두…. 더 좋은 선택이 있지 않을까 걱정하고, 마지막까지 미루고 미루다 선택하는 것도 너무 힘들어.

그래도 가끔- 퀴퀴도 정답을 알고 있지 않아?

…맞아. 하지만 남들 의견을 듣지 않으면 너무 불안해. 누군가가 정해줘야 안심이 돼. 내가 정답이라고 생각했던 것과 다른 의견들이 있을 때면 무조건 남들 말을 따랐던 것 같아.

정말? 왜~?

그냥 나를 못 믿어서 그랬던 것 같아….
아! 친구들 말을 듣고 흰색 대신 노란색을 칠했던 그날, 왜 그랬던 거야?

음- 그 느낌 알아? 내 생각은 왠지 당연히 틀릴 거란 느낌. 다른 친구들 말이 다 맞을 것 같은 기분! 내 선택으로 뭔가 잘못될까 봐 걱정부터 든 거야! 그때의 나는 나를 못 믿었어.

잘 알지…. 난 무언가를 결정할 때마다 자꾸 안 좋은 기분과 상황들이 떠올라.

괜히 남들과 생각이 다르면 안 될 것 같다거나, 무언가 잘못될 것 같다거나, 더 좋은 게 분명 있을 것이라는 불안감들… 그래서 귀찮아지고 미루게 되고…. 아마, 그런 걸 피하고 싶어서 남들에게 선택을 맡겼던 걸지도 몰라.

그랬구나아. 선택이 부담스러울 수 있지! 나도 그랬으니까~!

그리고 이왕이면 모두의 이야기를 들어보면 좋잖아. 완벽한 선택을 할 수도 있구.

진짜? 퀴퀴는 완벽한 선택이 있다고 믿어?

음… 글쎄. 하지만 완벽한 선택을 하고 싶은 건 사실이야. 완벽해지려고 하는 게 나쁜 걸까…? 최선을 다해볼 순 있잖아.

완벽한 선택은 말이야, 글쎄에…. 나도 완벽한 선택을 하고 싶은 마음이 컸어. 아무것도 내려놓지 못하구 말이야!
근데, 오랜 시간을 들여 겨우 정답을 찾아도 매번 누군가는 그걸 정답이라고 생각하지 않았어. 모두가 정답이라 생각했던 게 시간이 지나서 달라질 때도 있었구. 무엇보다 이렇게 선택을 하면, 엄청 큰 문제가 있어! 엄-청 엄청 큰 문제! 그게 뭔지 알아?

…글쎄?

결국 내 마음에 안 든다는 거야. 정답을 찾으려 애쓴 이유도 나를 위해서였는데! 전혀 만족스럽지 않았어. 행복하지도 않구.

…조금 덜 행복하더라도, 남들이 정해 주는 게 마음 편하지 않아…? 혹시 내가 안 좋은 결정을 하려는 걸지도 모르잖아.

그게 최선이 아닐 수도 있고…. 그러니까… 최대한 모두의 말을 열심히 듣고 고민해서… 완벽한 선택을 해야 해.

밍… 퀴퀴가 선택하는 모든 건 결국 퀴퀴의 삶이기 때문인걸.
삶의 크고 작은 모든 순간마다 모든 선택을 남에게 맡긴다면, 그 어떤 의미도 찾을 수 없을 거야. 결과가 좋을 땐 남 덕분이고, 결과가 나쁠 땐 남 때문이라면 삶에 어떤 의미가 있을까?
선택을 두고 고민하는 이유도 퀴퀴가 행복해지고 싶어서잖아! 그러니까 퀴퀴의 마음이 제-일 중요해. 모두의 말에 귀를 기울일 필요는 없어. 퀴퀴가 만족할 만한 선택을 하고 편안한 마음을 갖는 거야. 결국엔 퀴퀴 마음이 편안한 결정이야말로 정답이 아닐까?
누구에게나 완벽한 선택은 없으니까! 하지만 네 기분은 완벽히 좋아질 거야!

그러고 보니, 지금까지 나 스스로 만족하기 위한 선택을 거의 안 했구나….
참 어렵네. 나를 믿는다는 거….

선택할 때마다 무엇을 잃게 될까 늘 겁내잖아. 선택 후에도 잃은 것에만 집중하구. 얻은 건 생각하지 못하구 말이야. 버리는 만큼 얻는 것도 있다구!

…고마워. 저기, 그럼… 음… 우리 조금만 밖에 나가서 걸어 볼까? 아, 물론 귀찮다면 안 나가도 되고…. 어쩌지? 그냥 네가 골라 줄래?! 아, 또 이러네 미안….

무슨 소리야? 당장 나가자~!

결정하기가 어려울 때

모두를 만족시켜 줄 선택.
모든 게 완벽한 선택.

그런 건 세상에 없는걸!

그러니까 가장 중요한 건
내가 만족할 만한 선택을 하고,
내가 편안한 마음을 갖는 거야.

완벽한 선택은 어디에도 없지만,
완벽한 기분은 어디에나 있지!

ep 11. 칭찬받지 못해서 속상해

……
이거 봐, 역시…
다들 딱히… 칭찬해주지 않네
오리는 아까 엄청 칭찬받던데
왜 그렇게
표정이 어두워!
이 강가에서 제일
멋진 건 너야!

정말, 너무
잘 어울려 노란색
다들 은근
쳐다보던걸
…별로라서 봤을걸
오리처럼 하얐다면
그나마 더 나았을 텐데…
털레
털레

칭찬받지 못하면 속상해

열심히 했는데도 칭찬받지 못하면
잘 해내지 못했다고 느낄 때가 있지.

누군가의 칭찬보다 더 중요한 건
내가 만족할 만큼 해냈는지가 아닐까?

해낸 것만으로도 충분히 괜찮아.
만족할 만큼 해냈다면 엄청 잘한 거지!

스스로에게 꼭 칭찬해 주는 거야.
오늘도 잘 해냈다구!

ep 12. 결국 폭발

…잘해야만 해

풍덩!

나도! 오리만큼!
할 수 있어!!!!
버둥
버둥
버둥
버둥

나도 할 수 있어!!
버둥
버둥
버둥
버둥

와라라락…

엥…
킥킥킥

오리 닮아서
잘할 줄 알았는데
킥킥

진짜 못하네…

속닥속닥…
……
중얼중얼…

다들 무슨 생각하지?
어…
어…

혹시 실망한 걸까?

햐-!

와락
왉..

조금이라도 실망시켜선 안 되는데
히히~

벌써 다들 실망했을 거야

난 헤엄을 왜 이렇게
못 치는 거야…

우와아아-!!!
깜짝

오리 최고!!!
멋지다-!!!

헤엄 엄청 잘해-!!!
스윽
역시 1등은 달라!!

완벽해 정말

부족한 게 뭘까...

지금 모두들 앞에서
너무 비교되잖아…

……

홱
……

히ㅡ
헤엄이 좀 아쉽지만
다른 건 괜찮지 않아?

걔는 다른 매력이야
오리가 더 예쁘지
걘 하얗진 않고…
누리끼리해

호호홍~
히히히히~
나도…!!!! 저렇게 될 거야…!!!!!!!

나에게 실망할까 겁이 나

기대를 받을 때면 기분이 좋으면서도
혹시 실망시키진 않을까 걱정이 되지!

만약 기대를 저버리게 된다면
날 바라보는 시선이 달라지진 않을까
걱정이 되겠지만, 괜찮아!

항상 기대에 부응하기만 하는
완벽한 사람은 어디에도 없으니까!

기대에 가려져서 볼 수 없었던
그런 내 모습도 보여줄 뿐이야.

그런 모습도 있는 거지,
괜찮아, 뭐 어때~

ep 13. 있는 그대로는 받아들일 수 없어

"잰 하얗진 않고…
누리끼리해"
"헤엄도
못 치면서"
"오리는 어쩜
저리 날씬하지?"

쪼물
쪼물

....

나도 오리처럼 될 거야

……
……
나
어때?
?!

에에… 뭐야…
이상해…

주춤..
주춤…

이이이이이…!!

너희가 뭘 알아……!!

다들 이런 모습을 더 좋아해!

이제 진짜 오리처럼 됐어!
이제야 내가 괜찮아지는걸

부족했던 지난 모습은
내가 아니야

그런 내 모습은 절대
받아들일 수 없어

……

뭐야…
이상해…

가짜 오리다…
가짜 오리…
왜 저렇게까지…
웅성
웅성

이... 이게

이게 아닌데...

....

하…!

내가 가진 건 작고 나쁘게만 보여

우리가 저마다 다르게 태어난 건
저마다의 것이 있기 때문일 거야.

하지만 참 이상하게도,
남의 것은 한없이 커 보이고
내 것은 한없이 작아 보여.

작게만 느껴지는 내 것은
커져야만 좋게 보이는 것이 아니라,
좋게 바라봐야 커지는 걸지도 몰라.

좋게 바라봐야지.
나도 나만의 것이 있으니까!

ep 14. 뭘 해도 마음에 안 들어

재잘
재잘

1등이 바뀌었네?

에

1등 황새
2등 오리
3등 까치

황새가
날아가는 모습

오리보다 멋지더라

그 오리보다?
더?

오리보다 더 멋진 새가 있다구?
아무리 채워도 부족한 기분이야

웅성 웅성
모두들 황새만 보고 있어…
너무 예쁘다…
엄청 멋있게 날아

……

갑자기 또

이 모습이 부족해 보여

왜지?
완벽했잖아!

넙데데

왜 이렇게
자꾸 부족한 것만
보이지?

나 왜 이렇게 부족해?

스윽

왜 이렇게 마음에 안 드는 거야?
쪼물딱
쪼물딱

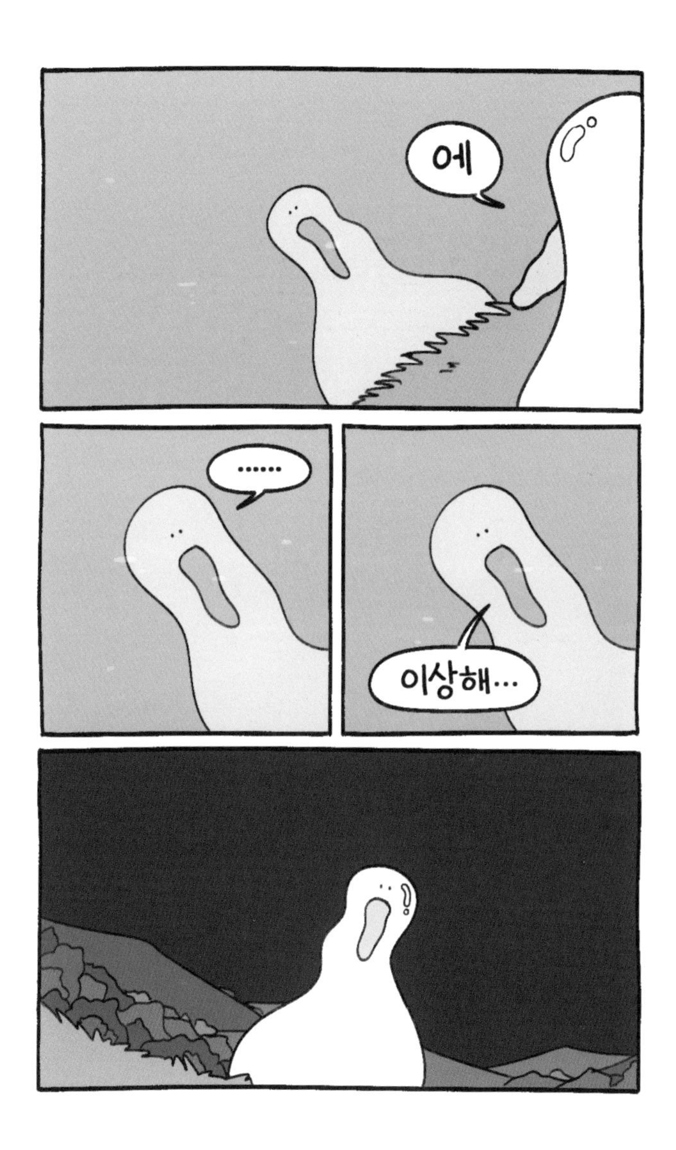
에
......
이상해...

뭘 해도 내가 마음에 안 들어
해도 해도 부족해

…지금 난 뭐지?

채워도 채워도
부족하기만 한 기분

나 자신이 부족하게만 느껴질 때가 있어.
허전하고 불안한 기분에
이것도 채우고 저것도 채우고
무작정 열심히 채우곤 해!

너무 많은 걸 열심히 채워 온 사람에게
부족한 건 다른 게 아니라
마음의 여유일지도 몰라!

딱 하루만이라도 생각에 깊이 잠겨 보자.
진짜 채워야 하는 게 뭘까?

ep 15. 몰려오는 후회

....

내 원래 모습을 다 버리면서까지,
난 뭐가 되고 싶었던 걸까?

인정을 못 받는 것보다
나답지 못한 게 더 고통스러워

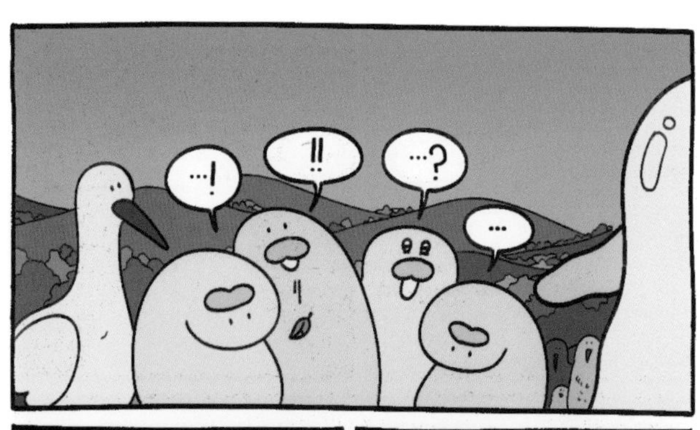
…!
‼
…?
…

……

…

욕심부리지 말걸, 후회돼……

……

난 그냥 노력했을 뿐이야

그냥 모두의 마음에 들었으면 해서-

그래서 완벽해지고 싶었을 뿐이야

어디서부터 잘못된 걸까

폴, 이리 와! 우리 말이야, 오래전에 있었던 이야기 하고 있었어-!

할 것도 없는데 잘됐네. 나도 들을래!

(앗… 폴은 좀 아직까진 불편한데… 잠깐, 나 지금 불편해하는 거 너무 티나려나?)
으음…. 그래서! 결국 후회가 됐구나…. 혹시 이야기를 좀 더 들어볼 수 있을까?!

아참, 그래서- 오리를 따라하면 따라할수록 부족한 점만 보이더라. 누리끼리하고, 멍청하고, 넙데데하고… 헤엄까지 못 치는 내가 너무 답답했어! 모두가 좋아하는 모습과는 정반대일 뿐이었다구.
완전히 단점밖에 안 보였지! 내 모습들이 정-말 마음에 안 들었어. 왜 하얗게 태어나지 않은 건지, 왜 헤엄도 못하는지, 몸뚱아리는 왜 치즈인 건지 모든 게 다 원망스러웠거든. 도저히 내 모습을 좋아할 수가 없었어!
오리처럼 된다면 나도 내가 마음에 들 거라 믿었어. 또 모두가 날 좋게 볼 거라 믿었어! 근데 내가 정말 오리처럼 됐더니, 다들 실망스러운 표정으로 날 바라보더라.

뭐람. 이 심각한 대화는….

헉…! 난 지금 너무 잘 듣고 있어. 으응. 왜 다들 실망했던 걸까…?! 혹시… 자기 자신만의 것을 쌓는다는 건 정말 어렵고, 오랜 시간이 걸리는 일이기 때문이 아닐까?

맞아! 그거야. 그때 난 전혀 몰랐어! 게다가, 오리만을 닮고 싶다는 믿음은 황새가 나타나면서 완전히 깨지고 말았어.

황새가 1등이 되고, 갑자기 모두들 보는 눈이 달라졌을 때 기분이 어땠어…?

이제는 분명 완벽하다고 믿었던 내 모습에서 또다시 부족한 점들만 보였어.

그래서… 그때부터는 또 황새랑 비교를 시작한 거야? 정말 끝이 없는 기분이었겠다….

모두가 좋아하는 모습이 되기 위해 계속 비교하고 내 모습을 바꿨어. 그때 내 모습은- 치즈도 아니고, 오리도 아니고, 황새도 아니고, 이도 저도 아닌 모습이었어. 진짜 나를 잃어버리고 만 거야!

아니, 왜 그렇게까지 한 거야! 밑도 끝도 없이 비교하고 기분만 안 좋아지고!!
아무리 남이 부러워도 그렇지. 남이 잘 만들어 놓은 것만 보고 무작정 따라가면 네가 가진 건 평생 못 볼걸!?

(누구보다도 제일 몰입하고 있어…!)

그래도… 스스로가 만족스럽지 못한 상태에서는 있는 그대로 받아들이기 힘들었을 거야…!

만약 모두가 날 인정해주지 않더라도- 내가 먼저 나를 있는 그대로 받아들였다면 어땠을까? 오리를 닮으려고 하지 않았을 거야. 오히려 더 좋았을지도 몰라! 그땐 자기답게 사는 게 얼마나 멋진 일인지 몰랐거든!
오리가 헤엄을 잘하고, 황새가 잘 날았다면, 나도 내가 모르지만 잘하는 게 분명히 있었어. 남들이 가진 거에 비해 부족해 보일지라도 말이야. 그건 키워 나가기 나름이었던 거야!

역시 있는 그대로 받아들이는 게 우선이구나… 하지만 그게 가장 어렵지….

그래서! 다음은 어떻게 됐는데?

모두의 말을 너무 열심히 따라간다는 건

모두에게 좋은 사람이 되고픈 마음에
모두의 말을 너무 열심히 따라간다면

모두에게 좋은 사람이 되는 게 아니라,
아무것도 아닌 사람이 될지도 몰라.

좋은 사람이 되고 싶다면
때로는 흘려듣는 거야!

ep 16. 내가 너무 싫어

어쩌다 이렇게 된 거지?

이게 아니야-!
풍덩

난 왜 하얗게 태어나지 않았을까

헤엄도 못 치구… 흐물흐물한 몸뚱아리에…

왜 난 치즈로 태어난 거야

나 같은 건 역시
폐기상자가 어울려…

타고나는 거야…

사랑받는 존재라는 건…

난 있는 그대로 사랑받을 수 없구나
쥬륵

…속상해

속상해!!!!!!!!!!

우는 모습도 못생겼네
…내가 싫어
진짜 너무 싫어
스-윽

사랑받는 존재라는 건
타고나는 게 아니야

타고나길 사랑받는 사람도 있지만,
타고나야만 사랑받는 건 아니야.

모든 걸 직접 쌓은 사람은
그 노력과 경험까지 사랑받을 거야.
살아온 삶 자체로 사랑받을 거야.

그러니까 타고나지 못했다는 건,
언젠가 더 많은 사랑을
받을 수도 있다는 거야!

ep 17. 다시, 치즈덕 5형제

내가 너희에게 위로 받을 자격이 있어?

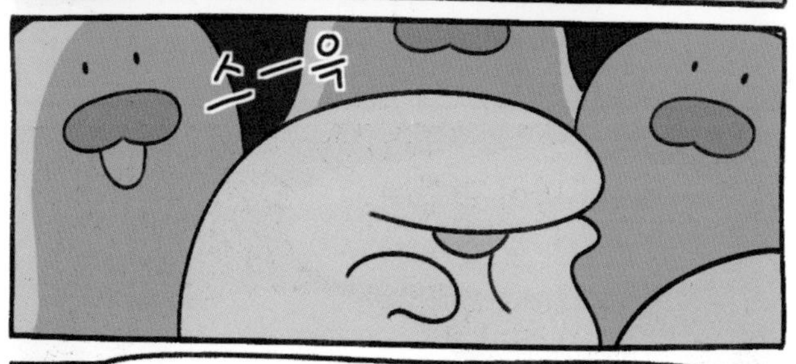
스-윽

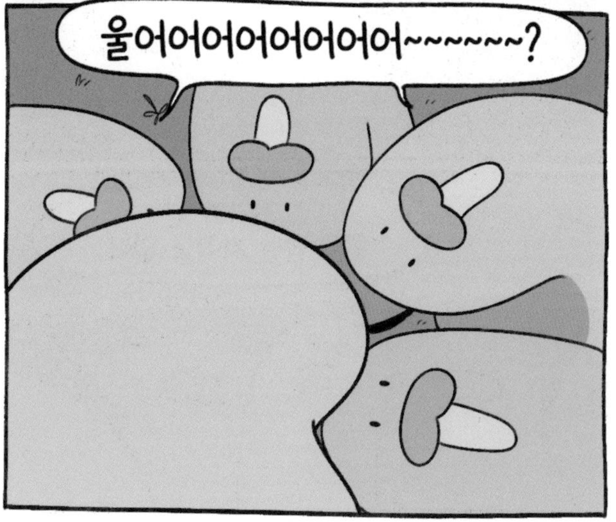
울어어어어어어어어어~~~~~~?

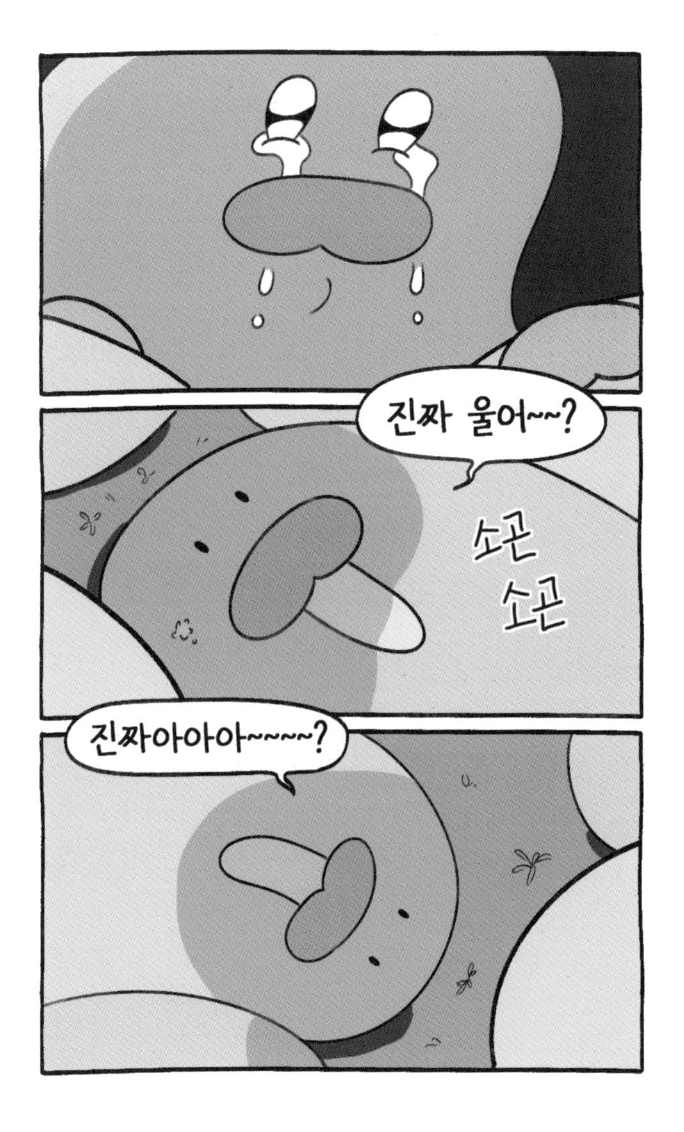
진짜 울어~~?
소곤
소곤
진짜아아아~~~~?

흡
아, 안 울어어…!
토닥
토닥
토닥
토닥

위로받을 자격을 따지지 마

위로받을 자격이란 말을 뱉고 보니
얼마나 외로운 말인지 알겠더라구.

내 실수 때문에 일어난 일이라도
남들은 아무렇지 않은 일이라도
똑같은 일로 계속 늘어져도
힘들다면 말 그대로 힘든 거지.

힘든 마음은 이것저것 따져가며
점수를 매기는 게 아니야.

잠깐은 머리를 텅~ 비워 두자!

ep 18. 솔직히 말할게

모두에게 사랑받는 모습이

부러웠거든

그에 비해 난

부족하기만 했지

오리처럼 되면 다들 날 좋아해 줄 거라 믿었어

오리는 모두가 좋아하는 가장 완벽한 존재였으니까

처음엔 나도 노력하면서

좋아지는 기분을 느꼈어

하지만 난 내가 가진 모든 것들을 버리고
오리만을 바라보며 비교했어

남들이 인정할 만한 것들을
가지면 그 순간만,

겨우 잠깐, 내가 좋아졌어

근데 내가 중요한 걸 놓치고 있었나 봐
어느 순간부터 나답지 못한 삶을 살고 있었어

모두에게 인정받으려 했더니
1등 황새
2등 오리
3등 까치

결국 나를 잃고 말았어

모두에게 좋은 말만 듣고 싶었어
난 작은 비난조차 너무 힘들었으니까

비난을 피하려고 진짜 내 모습을 버렸지

그런데… 그 어떤 비난보다도,
나를 잃은 기분이 가장 힘들다는 걸 느꼈어

모두가 너희를 인정해주던 그날,

모두에게 인정받는 모습보다도

있는 그대로도 행복해하는 너희들이 부러웠어

......
울컥
나도 남들처럼
있는 그대로 살고 싶어
그런데 어려워,
난 내가 너무 싫어!
뿌앵

넙데데하고
헤엄도 못 치고
누리끼리하고
그냥 멍청해보여

뭘 해도 난 내가
마음에 안 들어…
…
…

정말 그렇게
생각했단 말이야?

(훌쩍… 훌쩍…)

좀 진정이 됐어-?

으응, 훌쩍… 근데, 왜 그렇게까지 칭찬이나 인정을 받고 싶었던 거야…?

글쎄. 남들에게 부족해 보이고 싶지 않았어. 부족해 보이면 왠지 날 중요하게 생각해주지 않을 것만 같았거든. 있는 그대로는 사랑받지 못할 거라 믿었어. 으음, 진짜 왜 그랬더라~?

혹시 폐기 치즈 시절 버림받고 무시당했던 기억 때문이 아닐까…?

근데, 누구나 칭찬받는 걸 좋아하잖아? 뭐가 문제야?

그게에… 칭찬받을 때면 너무 기쁘면서도, 한편으론 걱정을 했어!

엥, 걱정이 됐다니. 왜?

꼭 칭찬받을 때만 내가 괜찮아 보였어. 인정받지 못한 날은 이대로 괜찮을지 걱정만 했지. 그래서 더욱 칭찬이 듣고 싶었어! 그럴수록 내가 뭘 좋아하는지, 언제 행복한지, 어떻게 하고 싶은지는 전혀 중요하지 않아졌어! 좋은 말이 너무 듣고 싶어서, 진짜 내가 바란 걸 완전히 모른척했던 거야.

남의 평가에 나를 맞추는 게 얼마나 불안한 일인지 잘 알지…. 나쁜 소리라도 들은 날은 최악이야. 특히 난 지적이나 비판까지 받으면 내가 정말 한심하게 느껴지곤 해. 그럴 때면 내 가치가 사라지는 느낌이라구….

인정받으면 가치 있고, 비판받으면 가치가 없다고? 네 세상은 무슨 흰색, 검은색뿐이야?

지적받을 때… 난 너무 힘든걸… 그렇게 대단한 일을 하는 것도 아닌데… 잘해도 부족한 와중에 지적까지 받다니. 날 어떻게 생각하겠어….

정말? 왜 그렇게 생각해-?

지적받는 순간 결점이 생기는 거니까…. 아마 나에 대해 안 좋게 생각할 거야. 생각보단 잘하지 않네… 이런 것도 모르다니… 이렇게 말이야. 그럼 내 가치는 뚝뚝 떨어지겠지….

에-이, 가치가 떨어진다니. 그렇게 생각하지 마-! 뭔가를 잘하지 못하더라도, 뭐 어때! 그냥 퀴퀴 너라서 가치있는 건데! 누가 인정해 주지 않아도 말이야, 정말로, 정말로, 정말로 네 가치는 늘 그대로 있어!
퀴퀴, 네가 갑자기 엄청난 실수를 한다거나, 갑자기 어떤 엄청난 일을 잘 해낸다 하더라도 난 똑같을 거야! 난 매일 퀴퀴의 있는 그대로가 좋아!

정말…? 내 있는 그대로를 좋아해 준다고…?
아니야. 아니야. 그럴 리가 없을 거야….

생각을 쉽게 바꾸기 어려울 만큼 마음이 굳었구나! 그렇다면 매일 스스로에게 말해 줘! 퀴퀴 넌 있는 그대로도 사랑받을 수 있다구. 누군가가 퀴퀴 널 인정해주지 않아도 가치는 변하지 않는다구!
퀴퀴에게 무언가를 바라는 친구보다 있는 그대로를 좋아하는 친구들이 더 많을 거야. 나도 그렇구. 퀴퀴 네가 믿는 것보다, 훨씬-!

(뭐… 나도…)

그러니까, 믿어 줘. 우린 너를 있는 그대로 좋아한다는 걸!

저 마음 좀 믿어 줘. 아닐 거라며 멋대로 의심하지 말구!

그거야! 난 무조건 좋아해! 믿어 줘!
퀴퀴, 그때 난 칭찬과 인정을 받지 못하면 내가 쓸모없다고 믿었어. 그런데 아냐, 틀렸어. 내 가치는 누가 주고 말고 그런 게 아니었거든-
그러니까 퀴퀴 스스로 매일매일 이렇게 말해 줘! 그 누가 퀴퀴를 어떻게 생각하든, 퀴퀴의 가치는 변함없다구!

완벽을 좇기보단 부족함을 받아들이기

가장 마음이 불안했을 때가 언제였냐면
내가 이도 저도 아니라고 느낄 때였어.

스스로 확신하지 못하고,
남들은 어떻게 생각할지 걱정했지.
여기서도 부족하고, 저기서도 부족한 기분이었어.

한참 돌고 돌아 내가 바라게 된 건
결국 모든 게 완벽한 삶이 아니라
무엇 하나라도 안정적인 나 자신이었어.

가장 마음이 편안해진 때가 언제였냐면
부족할지라도 무엇 하나를 선택하고
나머지 부족함까지 받아들일 때였어.

무언가를 하나 선택했다는 사실만으로도
모든 게 조금씩 안정되기 시작했지!

ep 19. 네 모든 게 좋았어

쭈-욱 늘어나며
크게 웃던 모습
더 나아지려고
노력하는 모습
물 위에선 자유롭고
편안해 보이던 모습까지

있는 그대로 좋았다구

너처럼 되고 싶었는걸

너는 네가 싫다고 하지만…

네가 가진 걸 잘 모를 뿐이야

모든 건 바라보기 나름이야

모든 건 바라보기 나름이야.

나쁘게 보려고 하면 얼마든지 나쁘고,
좋게 보려고 하면 또 얼마든지 좋다구.

네가 여전히 나쁘게만 보인다면
네가 가진 걸 아직 잘 모를 뿐이야~!

ep 20. 내가 나를 사랑했더라면

모두에게 좋은 모습으로만
보이려는 건 불가능한 일이었어

그런데 난 그 불가능한 일을 해내려
끝도 없이 노력했어

아주 작은 비난조차 듣기 무서웠거든
누리끼리해…
쟤 헤엄 못 친대

비난과 무시를 받아도 덜 상처받고 싶어
넌 좀.. 별로야…

나도 날 사랑하면 좋을 텐데
그래도 난 괜찮아

매순간 스스로를
사랑하는 일이 너무 어려워

……

너도 분명…

있는 그대로 널
사랑할 수 있을 거야!

비난받고 무시당해도 날 사랑할 수 있을까?

누군가가 나에게 상처를 준 날,
그날 나 역시도 나에게 상처를 주곤 했어.

자신에게 주는 가장 큰 상처가 뭐라고 생각해?
난 비난받은 자신을 받아들이지 못하는 거라고 생각해.
나조차도 외면해 버리고 마는 거지.

그 어떤 비난을 받더라도
난 괜찮다고, 더 잘할 수 있다고
날 따뜻하게 위로하고 받아들여야 했어.

남이 준 상처는 의외로 작을지도 몰라.
사실은 내가 키운 걸지도 모르지!

ep 21. 변화의 시작

어느 순간부터
나보단 남들 생각이
더 중요해졌어어...
...?
저게 뭐야

오리잖아-!!!!!!!

얼른 가보자 얼른

우다다

이게 무슨 일이야! 오리가 물에 빠지다니

오리가 물에 빠졌어
도와줘 !! 도움!!!

도움!!!!!!!!!!!!!!

조—용…

아무도 없어…?

……
망충…

어쩌지 난 헤엄을 못 치는데…

고난은 변화의 기회일지도 몰라

내가 선택하지도 않았는데
갑자기 불쑥 찾아온 고난이 있어.

선택의 여지가 없는 고난이더라도
이것만큼은 내가 선택할 수 있지!

시간이 흘러
그날의 고난 때문이라고 할지
그날의 고난 덕분이라고 할지는

내가 선택할 수 있어!

ep 22. 생각이 많으면 나아가질 못해

난 못해
안 될 거야

나 같은 건 안 돼…

나 같은 게 뭘
나설 생각이야
아무런 도움도
못 될 거야

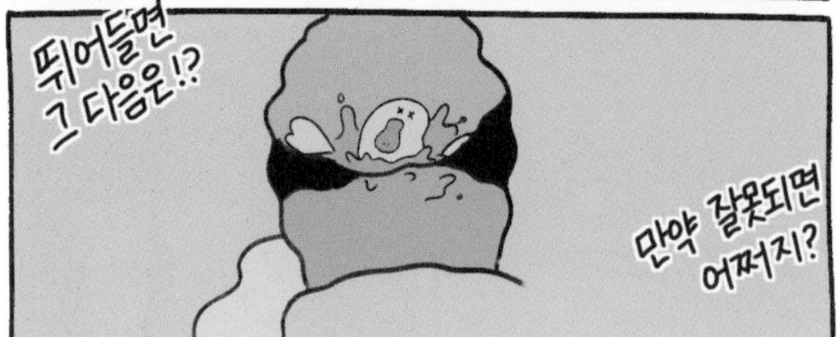
뛰어들면
그 다음은!?
만약 잘못되면
어쩌지?

난 생각이 너무 많아
생각할 게 왜 이렇게 많은 거야?

실패한 후 내 모습까지
상상할 필욘 없잖아
오리도 못한걸
지가 한다고..
어떡해
그러게 왜
나서서…
창피하겠다!
…

지금은 피할 수 없어
도와줘야 해

생각하기엔 시간 없어!

그만 생각할래!
못하더라 재…
헤엄 그렇게 치는 거 아닌데…
기대했는데 실망 -
완벽하지 않아도 일단 시작하는 거야

생각이 많으면 나아가질 못해

이제
다다
다다
생각은 그만할래

타탁

난 생각같은 거 안 해-!!!!!!!
!!

하~~~

조잘
조잘
안-녕!
아…
안녕..
…?
홱!
…!?
히히-
뭐지…? 못 본건가…?
아닌데… 눈 마주쳤는데…
혹시 나 뭐 실수했나…?!
….
히히~♪
….
퀴퀴-
무슨 생각해?
??

·······.

에, 무슨 생각해-?

아, 아니 그게…. 나도 생각이랑 걱정이 너무 많은 것 같아서….

아니! 또 무슨 걱정을 그렇게 많이 하는 건데?

(왜 이렇게 화난 것처럼 물어보지? 혹시 화났나…? 내가 너무 답답하게 군 걸까? 또 답답해 보였겠지….)

그냥 궁금해서 그런 건데… 무슨 걱정을 하냐니까?

그게… 남들이 날 어떻게 볼지 늘 걱정돼. 너희를 만나서 놀 땐 신나서 조잘거리다가도 집에 오면 너무 후회되고 날 어떻게 생각했을지 걱정돼….

그랬단 말이야?

뭐, 솔직히 난 가끔… 같이 놀다 보면 퀴퀴 네가 소심하다고 느낄 때가 있어.

에, 난 그런 생각 한 번도 안 했는데! 퀴퀴는 생각도 깊고 꼼꼼해서 부럽기만 한데!

아아니, 뭐…! 어쨌든, 잠깐 그렇게 느끼는 건 사실이지만 금방 잊어버리고 말지!

…나에 대해 잠깐 그렇게 느꼈다는 것만으로도 너무 창피하고 속상한 일인걸….

역시! 누구나 생각하는 건 다 다르구나아. 누군가가 날 어떻게 생각하는 거, 이건 어쩔 수 없는 걸지도 몰라!

어쩔 수 없다니…?

있지- 퀴퀴는 늘 내가 낙천적이어서 부럽다구 하잖아. 하지만 폴은 날 어떻게 생각하게?

낙천적인 게 아니라 머리가 꽃밭인 거야!

그러니까! 누군가는 나보고 낙천적이라고 말해줄 때 누군가는 머리가 꽃밭이라고 해. 가끔은 속상하지만- 뭐, 어쩔 수 없지. 모두 저마다 다르게 살아서 저마다 생각도 다른걸. 이렇게 생각하니까 훨씬 마음이 가벼운 거 있지. 모두의 생각이 똑같기를 바라는 건, 그것도 나에게는 좋기만을 바라는 건- 그러니까… 너무 꿈같은 말인 거야!

(치즈덕이 저런 현실적인 말을 하다니…!)

그래. 저마다 살아온 게 다른데, 어떻게 모두에게 똑같이 보일 수 있겠어? 모두에게 좋은 모습으로만 보이겠다고 하나하나 신경 쓰고 맞춰 주면 끝이 없어.

모두가 다르게 생각하는 세상에서, 끝은 딱 하나일지도 몰라. 꼭 하고 싶은 게 있다면, 그냥 내 생각대로 하는 거! 그러니까 중요한 건 내가 어떻게 하고 싶은지야. 남들 생각이 아니라! 만-약, 누군가가 퀴퀴를 미워해도, 그냥 그렇게 생각하게 둬! 퀴퀴가 정답이라고 믿는 대로 살아가다 보면, 언젠가 누군가의 생각이 바뀌어 있을지도 몰라. 안 바뀌면 또 어때! 그런다고 딱히 퀴퀴가 나빠질 건 없어.

누군가는 널 보면서 분명 좋은 생각도 한다는 거야. 치즈덕 재처럼….

정말 내 머리가 꽃밭일지라도, 난 내가 형편없다고 생각 안 해. 꽃 가득한 내 머리도 가끔은 보기 좋을걸! 언젠가 폴도 그렇게 봐 줄 거라 믿어!

(흥!)

불안할 때면 하는 상상

난 정말 불안해서 힘들 때면
미래의 내가 지금의 나에게 찾아와서
덤덤하게 말해주는 상상을 해.

'지나고 보니 괜찮아!'
'너무 걱정하지 않아도 됐어!'라며 안아주는,
그런 포근하고도 멋진 상상 말이야!

ep 23. 치즈덕이 해냈다!

난 지금 잘해야 돼
오리처럼 잘해야 돼
버둥
버둥

팔은 가만히 두고
다리에만 힘주는 거야
버둥
버둥
버둥버둥

오리처럼...
먕...
쥬르르륵...

역시 난 오리처럼
할 수 없어
덜덜덜

오리처럼 하려다간
녹아버리고 말 거야
뮈애애애애앵

에에엥, 몰라몰라몰라!!!!!
번
쩍

아무런 생각도 안 할 거야
첨벙
첨벙
첨벙
첨벙

앞으로 나아갈 수만 있다면
그냥 나답게 하는 거야

첨벙 첨벙
꼬옥

고마워……
헉
헉

네가 녹은 덕분에
지금 버티고 있어

그런데…
쥬륵…

…널 육지로
데려갈 힘이 없어…

…미안
미안하다니…?
…별로 도움이
안 된 것 같아서…
히히히 호호홍~
첨벙
첨벙

히~
첨벙
첨벙
햐~!
첨벙
첨벙
첨벙
첨벙
치즈덕이 해냈다!!!!!!
첨벙
첨벙

치즈덕이 해냈다!!!
치즈덕이 해냈다!!!!!!
히히히~
호홍~
치즈덕이 해냈다-!!!!

남으로부터 정답을
찾을 필요 없어

누군가가 정답이라고 말해준 것이
나에겐 분명 정답이 아닐 때가 있어!

정답을 따라가지 않는다고
누군가로부터 비난을 받더라도
그래서 마음이 크게 흔들리더라도

스스로에게 당당히 말하는 거야.
나와 그 사람은 너무나 다르다구.
나에게만큼은 정답이 아니라구.

남에게서 정답을 찾지 않아도
나답게 해낼 방법은 얼마든지 있어!

ep 24. 오리의 속마음

머뭇
황새처럼 잘 날고 싶어서…
남들 안 보는 새벽에
혼자 시도하다가
어어어…!?
그만 실수하고 말았어

…
…
그런데 아까 너
정말 멋지더라
내, 내가!?
두근
사실 그렇게
특이하게 헤엄치는 건
처음 보는데…
뜨끔
틀렸다곤 생각 안 해
…!

정말 고마워
…그러니까 다음엔
쉽게 미안해하지 마
우웅…
몽클~
너처럼 완벽한 애가
날 칭찬해 주다니
완벽이라…
너한테만 솔직히
말해 줄게
사실 나
매일 불안해

완벽이란 칭찬… 좋지
매일 듣고 싶을 정도야
그래서 늘 불안해
나에 대한 기대감을
실망시키기 싫어서
사소한 것까지
다들 날 어떻게 생각할지
걱정하곤 해
…

내가 잘 날지
못한다는 게 들킬까 봐
우와
황새 봐…
잘
난다…
아예 회피하면서
시도조차 하지 않았어
사실은 스스로
완벽하지 않다는 걸
알면서도…
남들 보기에 완벽하다면
괜찮았어. 조금이라도
지적 받기 싫었거든
……

그런가-? 정말 쿠키랑 오리랑 조금 비슷한 것 같기도 해!

응? 내가!? 오리랑 비슷하다구…? 난 오리처럼 완벽하지 않은데…!

너 이야기 제대로 들은 거 맞아? 딱히 완벽해 보여서 하는 말이 아니잖아. 심지어 넌 그 오리보다 훨씬 게으르고!

그, 그렇지….

네가 완벽해지고 싶은 것도 사실은 불안해서겠지. 어떤 과거가 있어서 그러는 건지는 모르겠지만.

햐~ 폴. 생각보다 이야기에 엄청 집중하고 있었구나-!

뭐, 내가 뭐…! 쟤가 맨날 쓸데없는 걱정하는 것 같아서 그러지.

맞아…. 사실 그래. 완벽하게 잘하는 모습이 아니면 날 어떻게 생각할지 불안해.

그래서 난 솔직히 있는 그대로의 모습을 아직 보여줄 수 없어. 가끔은 무언가를 도전해 보고 싶은데… 자신이 없어. 차라리 시작조차 안 하는 게 마음 편해. 그러면 내가 못한다는 걸 들키지도 않을 테구… 지적받을 일도 없을 테니까. 그러고 보니 오리도 실수하는 걸 치즈덕에게 들켜버렸잖아. 걘 기분이 어땠을까…? 나라면… 부끄러워서….

누가 누굴 걱정해! 차라리 너보다 오리가 훨씬 낫거든?

그, 그렇…지. 내가 뭐라고…. (시무룩…)

그러니까… 내 말은, 걔는 적어도 조금이라도 날 줄 아는 오리가 된 거야. 어떻게 처음부터 완벽하게 잘하겠어. 남들 시선과 평가에 집착하느라 아무것도 못하는 것보단 훨씬 나아.

분영한 건 시작했다는 것만으로도 몇 걸음 나아가 있을 거야-!

하지만… 그 몇 걸음에서 내가 더 나아가지 못한다면…? 만약 시작했다가 실패하면 내 체면은 어떻게 되겠어… 차라리 안 한다면 스스로 자책할 일도, 비웃음 살 일도 없을 텐데.
휴, 미안해… 나도 이렇게 부정적으로 말하고 싶지 않은데….

넌 생각이 너무 많아! 너처럼 걱정만 하면 아무것도 못 해. 남들 눈치 보느라 아무것도 못 이룬 네 모습을 마주하게 될 땐 과연 어떨 것 같아?

후회되겠지… 차라리 해 볼 걸 하구.

퀴퀴는 마치, 단 한 번 만에 엉킨 실타래를 풀고 싶어 하는 것 같아!

실을 푸는 데에 시간이 오래 걸리면 어쩌지, 손을 다치면 어쩌지, 이것밖에 못 풀었냐며 누가 안 좋게 생각하면 어쩌지- 이런 생각을 하면서 멀뚱멀뚱 바라보기만 하는 것 같다구! 모든 일이 다 그런 거지 뭐! 일단 부딪히고 헝클어가면서 조금씩 풀어가는 거지!

으응… 너희 말을 듣고 나니까, 내가 그 오리랑 조금은 비슷한 것 같기도 해. 난 그 오리라는 애가 좀 더 편안해지고 행복했으면 좋겠어…. 그 오리는 알고 있을까…? 자기가 무언가에 도전할 때, 누군가는 그걸 보며 도전한 거 자체를 대단하게 생각한다는 사실을 말이야….

뭐, 알다가도 자꾸 의심할걸? 좋은 결과를 보여줘야만 인정받을 수 있다고 믿겠지. 가장 중요한 건 남들의 평가에 너무 신경 쓰면 결국 되려던 것도 안 된다는 거야.

햐, 역시 폴이야… 왠지 무겁고 어른스러워.

퀴퀴를 위해 누구보다도 열심히 말해주고 있잖아!

아니, 쟤가 자꾸 쓸데없는 걱정을 하니까!

저기, 고마워…. 남들 시선에 집착하는 거야말로 불행의 시작이구나….

맞아. 난 이제 그런 거 지긋지긋해! 행복하게 살기에도 충분한 세상이야-!

완벽하지 않아도 괜찮다니까

완벽한 모습을 보여주고 싶은 마음엔
불안과 외로움이 있을지도 몰라.

솔직한 마음을 드러내고 싶지만
숨기는 게 익숙해진 사람은
털어내는 것이 부끄럽기만 하대.

외로움에 지쳐 조금씩 털어내고 있다면
차라리 실컷 편안하게 털어내는 거야.

누군가의 깊은 마음을 얻는 건
완벽함이 아니라 솔직함이거든!

ep 25. 받아들이는 마음

사실, 너와 비교하면서
내가 참 싫었어
계속 단점만 보였거든
넙데~
이런 모습을
타고났다는 사실이
너무 싫었어
난 너처럼
하얗지도 않고
헤엄도 칠 줄
모르니까

근데 나
…오늘은 내가 괜찮다고 느꼈어
서툴렀지만
나답게 해냈잖아
이런 기분…
얼마나 오랜만인지 몰라

나한테
부족했던 건
하얀색도,
헤엄도 아니라…

부족한 나를 받아들이는
마음이었을지도 몰라

아직 내 장점은
모르겠지만
뚝..
뚝..

작은 일들을
조금씩 해내다 보면
알게 될 거야

부족한 나라도 얼마든지 좋아질 수 있을 거야

그러니까 받아들여야지
스윽

이제 완전히 나답게 살고 싶어

치즈덕답게 말야

나에게 부족했던 건,
부족한 나를 받아들이는 마음

부족한 나를 그대로 받아들인 그때
부족한 모습에서 찾기 시작한 그때
아주 조금씩 보이기 시작하더라!

모든 게 나쁘다고만 믿었던 나에게서도
아주 작지만 그럴듯한 점이 있었다는 걸.
심지어 정말 나쁘다고 생각했던 것도
자세히 들여다보니 나름 괜찮아 보였어.

나도 어쩌면 내가 가진 것을 사랑할 수 있겠다는
그런 벅찬 기분을 오랜만에 느꼈어.

부족한 나를 받아들인다면 얼마든지 좋아질 거야.
얼마든지, 상상 이상으로!

ep 26. 누구보다도 날 사랑해

조금이라도
비난 받는 기분이 싫었어
멈칫

사실 상처받기 싫었던 거야
난 어쩌면,
누구보다도 날 사랑했던 걸지도 몰라

결국 날 사랑하는 데에 서툴렀던 거야

모두에게 비난 받지 않으려고,
오히려 가장 많이 비난해왔어
스스로 단점만 계속 바라봤었지

이제는 좀 더, 나를 잘 사랑하고 싶어

멍청한 실수를 해서 비난받아도,

남들에게 못나 보여도
내 모습이 부족해 보일지라도

그런 내 모습도 이제는 받아들일 거야
...

그래도 난 내가 좋다고
여전히 나를 사랑한다고
그렇게 날 위로해 줄 거야

완벽해지려고
부족한 점들을
볼 게 아니라…
내 장점을 더
바라봐야 했어
이젠 알겠어
있는 그대로 받아들여야 장점도 보이는 거야

완벽한 가짜 오리보다는
어딘가 부족한 진짜 치즈덕이 좋아!

으-음, 작지만 너무 많은걸. 쭉쭉 늘어나는 내 몸은 매 순간을 더 즐겁게 만들어 줘. 가끔은 웃음을 주기도 해!

더운 날씨나 물에서는 녹아버리지만, 그럴 때면 누구보다도 유연하다구. 그리고 또….

계속 들으면 해 질지도 몰라. 그만!

엄청 많네. 부럽다…. 자기 장점을 그렇게나 잘 알고 있는 거! 나는 내 장점을 아직도 모르겠어.

킥킥, 있는 그대로도 얼마든지 좋아질 수 있어! 모든 건 바라보기 나름이야!

그럴지도 모르지…. 하지만 있는 그대로 모습을 좋아하긴 힘들 것 같아. 스스로를 좋게 바라본다는 건 나에겐 너무 어려운 일이거든…. 혹시 넌, 언제쯤부터 장점이 조금씩 보이기 시작한 거야?

음- 오리를 구해준 그날이었어. 남들과는 다른 헤엄, 치즈라서 녹아버리는 몸이라도 뭔갈 해낼 수 있다는 걸 깨달은 그날!

부끄러운 단점이라고만 믿었던 게, 그날은 문득 장점이 돼 있었던 거야.
있는 그대로 내 모습은 마냥 나쁜 것만이 아니었어. 나쁘게만 봤기 때문에 나빴던 거야.
그때부터 조금씩 바뀌고 싶어졌어. 스스로 믿었지! 있는 그대로, 나답게, 작은 일이라도 뭔갈 해낼 수 있다고 말야. 생각보다 난 물에 잘 떠올랐구, 누군가를 웃게 만들 줄 알았구, 누구보다도 유연하게 움직일 줄 알았어. 아주 작은 일이라도 조금씩, 조금씩, 해내면서 알게 됐지! 생각보다 난 장점이 참 많은 치즈라는 걸-!

작은 일…. 어쩌면 너무 날 채찍질 한 걸지도 몰라. 겨우 작은 일조차 못한다며 자책하고….
작은 일을 잘 해내면 그건 너무 당연하게 느껴졌어.

에이- 당연하게 생각하지 말구 이제는 칭찬해줘! 작은 일이라도 해낸 건 해낸 거니까! 큰일을 해냈을 때만 칭찬해 주는 건 스스로에게 너무 가혹하잖아!

있지, 쿼카는 누구보다도 쿼카를 사랑하는 걸지도 몰라.

엥? 쟤가?

응? 내가!? 무슨 소리야, 난 내가 너무 싫은걸….

쿼카가 스스로를 너무 채찍질하는 건 맞아. 기대만큼 따라주지 않는 자신이 미웠을지도 몰라! 하지만 솔직히- 누구보다도 더 잘됐으면, 누군가에게 나쁜 말을 듣지 않았으면 하는 마음이잖아? 살짝 삐뚤빼뚤하지만, 분명 그 마음도 쿼카를 사랑하는 마음일 거야.
자신을 위하는 마음에, 오히려 스스로를 가장 많이 비난하고 있었던 걸지도 몰라. 더 잘됐으면, 이런 단점이 없었으면, 이런 실수를 안 했더라면… 계속 부족한 점을 찾으면 끝도 없다구! 쿼카도 아끼는 친구의 부족한 점을 알면서도 때로는 눈감아 주잖아. 스스로에게도 눈감아 줘.

있지, 폴- 폴이 보기에 퀴퀴는 어떤 친구 같아?

갑자기!? 뭐… 너무 과하게 남을 배려해 주고! 실수해도 과하게 눈감아 주고… 공감도 꽤 잘해주고, 누가 힘들어하면 위로해 주고, 응원해 주고… 어떤 상황이든 따지지 않고 그냥 위로해 줬던 것 같은데….

내… 내가? 내가 그렇게 좋은 친구였나….

그래. 너 말야, 그렇다니까!

그거야- 퀴퀴! 사랑하는 자신에게도 그렇게 해 주면 얼마나 좋을까! 퀴퀴가 아끼는 친구를 쉽게 비난하지 않듯 말이야. 스스로에게도 좋은 친구가 돼 주는 거야. 누구보다도 소중한 자기 자신이니까-!

네 말을 들으니까 든 생각인데, 어쩌면 난 여태 날 잘못 사랑하고 있었던 걸지도 몰라….

그래서- 우린 그냥 사랑하는 게 아니라, 잘 사랑해야 하는 거야!

어쩌면 누구보다도 날 사랑했던 걸지도 몰라

진심으로 사랑한다는 건
부족한 모습조차 사랑하는 거야!

하지만 그땐 사랑할수록 부족한 모습을 견디지 못했지.
때로는 정말 미울 때도 있었어.

뭘 했다고 힘드냐고, 이것밖에 못 하냐고 상처를 주면서
장점보다 단점을 바라보는 그런 서투른 사랑을 했어.

더 잘되길 바라는 마음일지라도
상처만 주는 서투른 사랑이었어.

난 누구보다도 날 사랑했지만
사실 누구보다도 서투르게 사랑했어!

ep 27. 있는 그대로가 좋아!

재는…?

다다다

난 재 저럴 때마다
진짜 멍청해 보여
그래도
재밌는데…

멈칫…

재 너무 까불잖아
……

예전에도
나보고 갑자기
친구하자고…
ㅋㅋ
망충… 까불…
스윽

어쩌겠어-
그게 나인걸

그럼 이만
다다다

어쩌겠어? 그게 나인걸

그래도 사랑할 수밖에 없는 나인걸

남들 생각에 휘둘려 더는 날 바꿀 필요 없어

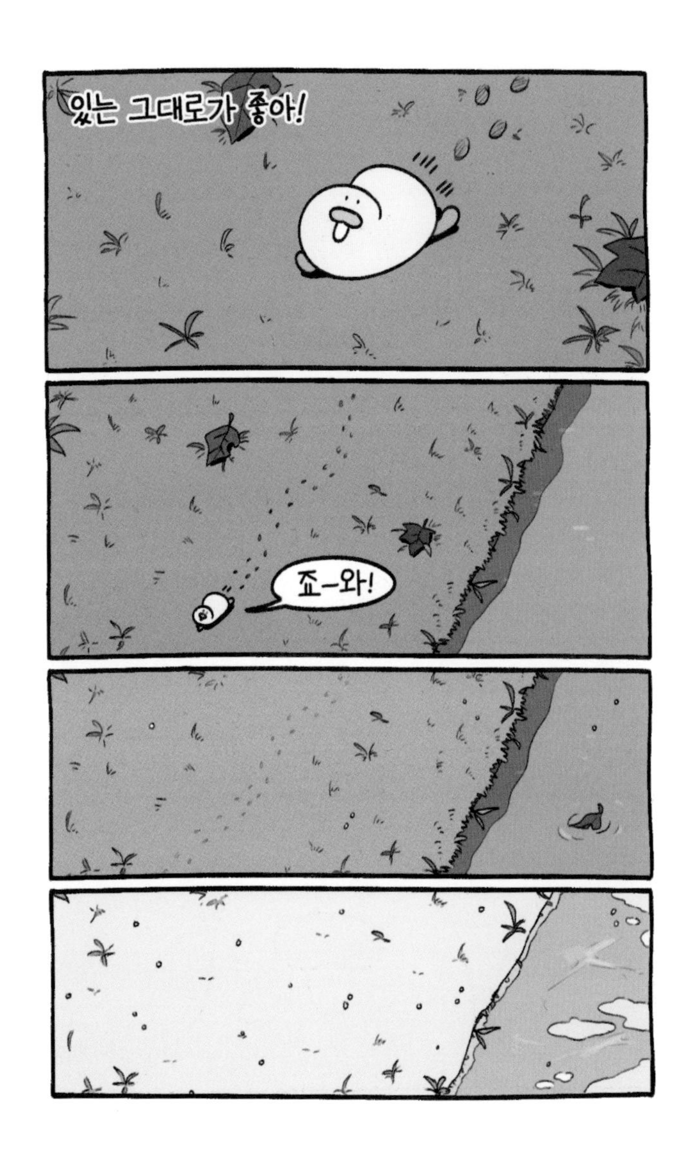
있는 그대로가 좋아!
쬬-와!

어쩌겠어, 그게 나인걸!

쭉 늘어나서 우다다 뛰는 모습이
누군가는 멍청해 보인대. 너무 까분대.

그런 말을 들을 때면 당연히 상처받지!
왠지 와다다 반박하고 싶어지는 기분이야.

하지만 난 알아. 그런 말이 상처가 되었다는 건
사실 그런 내 모습으로도 사랑받고 싶었다는걸.

그러니까 나라도 외면하지 말아야지.
내가 그런 모습의 날 사랑할 거야.
분명 누군가도 그런 모습의 날 사랑할 거야!

그러니까 바꿀 필요 없어.
어쩌겠어, 그게 나인걸!

ep 28. 정말 하고 싶은 것

다들 털이 쪘네
따뜻해 보여
햐, 부럽다…
그래도…
햐-
대신 우린 겨울에
단단하잖아
꽁꽁!
…그나저나
빨리 봄이 오면 좋겠다

왜애앵-?
움 사실…
하고 싶은 게 있어
그게…
뭔데~?
난 어떻게 살고 싶냐면…
진-짜?!?!

부족한 내 모습도 매일 사랑하면서

그냥- 정말 나답게 살고 싶어

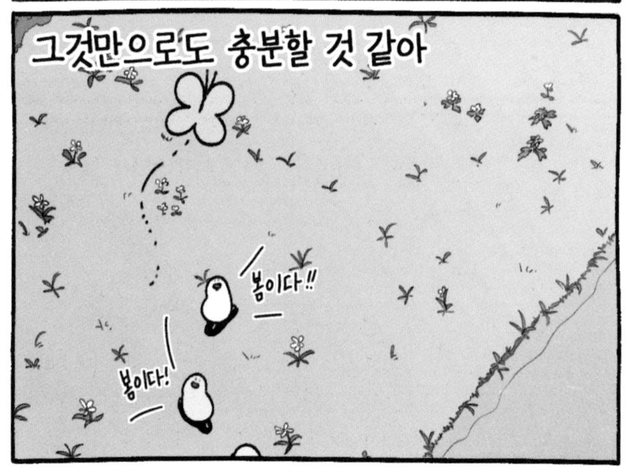
그것만으로도 충분할 것 같아
봄이다!!
봄이다!

봄이다-!
#
햐~
아니 이게 누구야!?
오리를 구해준 치즈덕이다!

쭉쭉 늘어나는 거 보여줘! 쭉쭉!
그때 헤엄 어떻게 친 거야?!
쭉!
쭉!

아-!! ㅋㅋㅋ
얘들 너무 재밌어!!

저기…

있잖아, 나…

단단해지기 위해
챙겨야 할 건 하나뿐

모두에게 인정받는 모습,
누구에게도 미움받지 않는 모습,
부족함 따위 없는 모습,
그런 모습이 되면
비로소 단단해질 줄 알았어.

너무 많은 걸 열심히 챙겨야만 했지.
챙길 수 없는 건 꽁꽁 숨기기 바빴어.

왜 그렇게 복잡하게 생각했을까?

내가 챙겨야 할 건 딱 하나뿐이었어.
있는 그대로 받아들이는 마음, 하나뿐!

부족한 나를 숨기는 게 아니라
있는 그대로 드러낼 용기를 가질 때,
그때 비로소 단단해지는 거야!

ep 29. 괜찮아, 내가 좋으니까!

꼭 가보고 싶어

엥...

가지말지..
여기가 얼마나 살기 좋은데
풀도 많고 먹을 것도 많고...

위험하게 왜 그러는 거야?

지금 네가 여기 1등인 거 알아?

떠날 거야…?
후회될 텐데…

눈치…

좋은 선택은
아닌 것 같은데
동감…

싸아…
…

그래도 괜찮아
왜냐하면…
내가 좋으니까-!
빠하항!
좋은 선택은 아닐 수도 있겠지만 괜찮아
내 선택으로 어떤 일이 일어나더라도…

난 받아들일 거야

그리고 그 길을 선택한 날

절대 미워하지 않을 거야
자책하지 않을 거라구

그러니까 이젠
있는 그대로

내 삶을 살 거야
나답게

그래서 난 그날
강가를 떠났구-
너희를 만나게 된 거야
난 지금이 더 행복해
나 용기내길 잘했지!

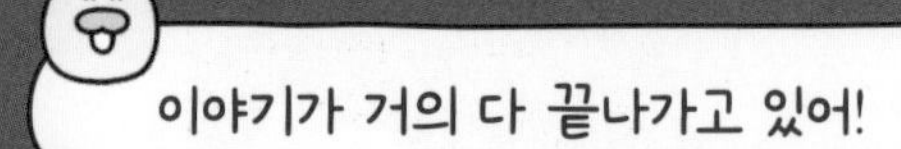
이야기가 거의 다 끝나가고 있어!

강을 떠나기로 선택한 후엔 기분이 어땠어…?

음- 사실은 조금 겁이 났어. 정말 잘못된 선택이진 않을까, 그 애들 말대로 후회하진 않을까 하구. 모두가 말리는 선택이었어. 아마 떠나고 나서 누군가는 날 보며 틀렸다고 생각했을지도 몰라. 하지만 아무리 그래도 말야- 정말 내가 원하는 걸 알고 있었어. 모두가 말리더라도 정말 하고 싶은 게 뭔지 알고 있었지!

강을 떠나서 멀리 새로운 곳으로 가는 거…?

맞아! 그렇게 생각하고 나니까- 겁이 나는 건 딱 하나였단 걸 알게 됐어. 미래의 내가, 이 순간의 나를 미워하게 될지도 모른다는 불안 말이야.

후회하는 거구나….

그렇지만, 완벽한 선택이 어디 있겠어-? 심지어 이 세상도 완벽하지 않아. 알 수가 없어! 완벽하지 않은 세상에서 완벽한 선택을 할 수 있을 거란 생각이 틀린 걸지도 몰라. 아까도 말했지만- 스스로 만족할 만한 선택을 하고 편안한 마음을 갖는 게 중요한걸. 그래서 난 스스로 자책하지 않겠다고 마음 먹었어. 그랬더니 뭘 선택하더라도 훨씬 마음이 편해진 거야.

그래서 떠날 수 있었구나…. 그래도 부럽다…. 하고 싶은 게 뭔지 잘 알고 있잖아. 난 하고 싶은 것도, 잘할 수 있는 것도 잘 모르겠어. 그냥 집에서 아무것도 안 하는 게 제일 좋아….

사실, 이렇게 말해도 나도 잘 모르겠어! 그런데 나를 알아가는 건, 여행에서 새로운 장소에 가는 거랑 비슷한 것 같아.

왜?

가 보기 전까지는 별로일 거라 믿다가도, 직접 가 보면 엄청 좋을 때가 있잖아-! 반대로 좋을 거라 기대했던 곳에서 실망하기도 해! 날 알아가는 것도 똑같을 거야. 직접 겪어보기 전까진 또 다른 진짜 내 모습을 모르거든! 얼마든지 달라질 수 있다구 항상 마음을 편하게 먹는 거야! 혹시 알아? 퀴퀴, 네가 갑자기 유명해져 있을지!

말도 안 돼!

에이, 진짜 그럴 수도 있어! 아무도 모르는 거야!

z
z

내가 선택한 이상
모두 의미가 있어

삶의 크고 작은 모든 순간마다
모든 선택을 직접 한다는 건
결과에 덤으로 의미까지 얻어가는 거야!

좋았다면 좋은 대로 기억할 만한 결실이고
나빴다면 나쁜 대로 배워갈 만한 경험이야.
모든 순간 그런대로 자신을 알아가는 거지.

그러니까 어떤 의미를 얻은 것만으로도
그 길을 잘 건넜구나, 보듬어 주는 거야.
그 길을 선택한 자신을 탓할 이유가 없지!

ep 30. 강가를 떠나다

여기 주소대로…
강 지나서 바로
서울 빵집으로 가면 돼요
조심히
운전해요!
햐—

뽈뽈뽈
뽈뽈뽈
폴짝
털털털털털

뽈뽈뽈뽈
뽈뽈뽈…
머뭇…
머뭇…
……

너희를 만난 건 행운이야

불행하다고만 느꼈던
내 모든 것들을

좋게만 바라봐 줘서
...정말
고마웠어!

우리, 영원히
치즈덕 형제 맞지?

......

너희들과 있으면 난 왜인지…
편안해. 나다워지는 기분이야
그러니까
괜찮다면…

...같이
강 너머로 갈래?
햐~~~!!
우다다다

히히히~ 호홍~

어땠어-? 내 이야기! 누구에게 말하기는 처음 이야!

있지, 난… 너를 보면서 당연히 타고났다고 생각했어. 항상 행복해 한다거나… 스스로를 좋아하는 마음 같은 거 말이야….

햐… 물론, 나도 가끔은 내가 미워! 그래도 어쩌겠어, 사랑할 수밖에 없는 나인걸~!

강가를 떠난 네 이야기를 듣고 떠오른 생각인데….

으응~?

나 자신을 스스로 좋아하는 것도 중요하지만, 좋은 친구를 두는 것도 중요한 것 같아….

그게 나와는 안 맞는 친구와 멀어지는 용기일 수도 있구…. 난 그게 너무 어렵지만.

야~! 퀴퀴, 좋은 친구란 뭐라고 생각해?

글쎄…? 잘 안 싸우는 친구?

음, 나는- 있는 그대로의 모습을 좋아해 주는 친구라 생각해! 매일 싸우더라도 결국 더 이해하고 받아들이는 그런 친구! 퀴퀴를 퀴퀴답게, 있는 그대로 있게 해 주는, 편안한 친구 한 명만이라도 있으면 그걸로도 행복하기엔 충분한걸~! 바로 여기 있잖아, 나~!

으응, 역시 너밖에 없어 치즈덕…! 아… 그리고… 폴…도…! 저기… 얘들아. 오늘 못난 내 모습도 있는 그대로 받아들여줘서 고마워. 여태 고맙단 말을 못해본 것 같아.

햐-!!

헉, 이야기하다 보니 벌써 해가 지고 있잖아!

슬슬 집에 가자-!

있는 그대로 날 사랑해 줘서 고마워!

나답게 있어도 편안해지는 사람이 있다는 건
그 사람으로부터 엄청난 사랑을 받는 거야.

나라는 이유만으로도 좋다는,
엄청난 사랑이지.
얼마나 고마운지 몰라!

내가 줄 수 있는 가장 큰 보답이 뭘까?
나도 엄청난 사랑을 주는 거야.
그 사람을 있는 그대로 사랑하는 마음을!

햐~ 있는 그대로의 날 좋아해 줘서 고마워!
나도 있는 그대로의 네가 정말 좋아!

에필로그

뉘엿~
뉘엿~
아~ 말하다 보니 벌써 하루가 끝나가네~
그러니까~
오늘 꼬옥 해주고픈 말은…

망충~
그러니까…
이거야!
너 있는 그대로가 죠와

있는 그대로도
행복할 수 있어

쿼쿼도 말야

자박자박
끼~익

히히히~
햐~~!!!!

치즈덕이라서 좋아!

초판 1쇄 발행 2024년 05월 08일
초판 7쇄 발행 2024년 12월 05일

지은이 나봄
펴낸이 김상현

총괄 유재선 **기획편집** 전수현 김승민 주혜란 **디자인** 도미솔
마케팅 김예은 송유경 김은주 남소현 성정은
경영지원 이관행 김범희 김준하 안지선

펴낸곳 (주)필름
등록번호 제2019-000002호 **등록일자** 2019년 01월 08일
주소 서울시 영등포구 영등포로 150, 생각공장 당산 A1409
전화 070-4141-8210 **팩스** 070-7614-8226
이메일 book@feelmgroup.com

필름출판사 '우리의 이야기는 영화다'

우리는 작가의 문체와 색을 온전하게 담아낼 수 있는 방법을 고민하며 책을 펴내고 있습니다.
스쳐가는 일상을 기록하는 당신의 시선 그리고 시선 속 삶의 풍경을 책에 상영하고 싶습니다.

홈페이지 feelmgroup.com **인스타그램** instagram.com/feelmbook

ISBN 979-11-93262-14-6(03810)